Thérèse Desqueyroux

FichesdeLecture.com

Thérèse Desqueyroux
(Fiche de lecture)

I. BIOGRAPHIE

François Mauriac est né le onze octobre 1885 à Bordeaux, au cœur d'une famille très conservatrice, issue de la haute bourgeoisie catholique. Il reçoit une éducation très sévère de sa mère, fervente chrétienne, qui marquera toute sa vie et son œuvre. Son père meurt lorsqu'il est encore très jeune.

Il fait ses études secondaires dans sa ville natale, prépare une licence de lettres à la faculté puis quitte Bordeaux en 1907 pour tenter à Paris le concours de l'École des Chartes. Entré à l'École l'année suivante, il n'y fait qu'un bref séjour et démissionne dès 1909 pour se consacrer uniquement à la littérature. Il se tourne dans un premier temps vers la poésie.

Les maîtres de son adolescence sont Maurras et Barrès. Il publie un premier recueil de poèmes « Les Mains jointes » en 1909 salué par Barrès précisément. Suit un autre recueil « Adieu à l'adolescence » en 1911 et deux romans « L'enfant chargé de chaînes » en 1913 et « La Robe prétexte ». En 1913, il épouse Jeanne Lafon, rencontrée chez leur amie commune, Jean Balde, et qui lui donne un premier fils, Claude, en 1914. Ses autres enfants, Luce, Jean et Claire naîtront respectivement en 1919, 1924 et 1929. Envoyé à Salonique en 1914 où il sert dans un hôpital de la Croix-Rouge, François Mauriac est réformé pour raison de santé. Il ne participa guère aux combats. Les années d'après guerre allaient être pour lui celles de la gloire littéraire. Il connaît un véritable succès avec « Le Baiser aux lépreux » écrit en 1922. Ensuite viennent « Le Fleuve de Feu » en 1923, « Génitrix » en 1923, « Le désert de l'amour » en 1925. Il acquiert une certaine notoriété avec son roman « Thérèse Desqueyroux » écrit en 1927. En 1932, il écrit « Le Nœud de vipères » et en 1933, « Le Mystère Frontenac ».

Lauréat du grand prix du roman de l'Académie française en 1926, président de la Société des Gens de lettres en 1932, François Mauriac est élu à l'Académie française en 1933, par vingt-huit voix au premier tour, à la succession d'Eugène Brieux. Cette élection survient alors que le romancier est gravement malade et vient d'être opéré d'un cancer des cordes vocales. De plus, il doit endurer le discours peu flatteur d'André Chaumeix lors de la réception.

Pendant la Seconde Guerre mondiale, il s'engage en faveur de la Résistance et devient un fidèle partisan du général de Gaulle. Il condamne l'excès de prosternations humiliées qui tenaient lieu de politique aux hommes de Vichy. Il participe au premier numéro des Lettres françaises clandestines en 1942 et publie en 1943, toujours clandestinement, sous le pseudonyme de Forez « Le Cahier noir ».

En 1952, il reçoit le prix Nobel de littérature. Le Mauriac d'après guerre se fait surtout écrivain politique. Il condamne la répression de l'insurrection marocaine et apporte à la cause de la décolonisation toute l'autorité du prix Nobel de Littérature qu'il vient de recevoir en acceptant de prendre la présidence du comité France-Maghreb.

Il est journaliste à l'Express et au Figaro littéraire à partir de 1961.

François Mauriac est fait Grand croix de la Légion d'honneur par le général de Gaulle. Il meurt en septembre 1970, à Paris.

D'une manière générale, l'œuvre romanesque de Mauriac présente des personnages tourmentés, hantés par le péché. C'est le cas du personnage de Thérèse Desqueyroux qui tantôt incarne le crime et tantôt l'innocence. Satires cruelles du pharisianisme bourgeois, ses romans sont avant tout l'œuvre d'un « catholique qui écrit » comme il se plaisait à se définir lui-même. C'est le combat en chaque homme entre Dieu et Mammon, que Mauriac décrit, sondant les abîmes du mal et cherchant à percer les mystères de la rédemption.

II. RÉSUMÉ

Chapitre I

Le livre débute lorsque Thérèse quitte le palais de justice en compagnie de son avocat maître Duros. Son père l'attend pour l'amener à la gare où elle prendra le train qui la ramènera auprès de son mari Bernard Desqueyroux qui l'attend dans leur maison d'Argelouse. Thérèse vient d'être acquittée des accusations qui pesaient contre elle soit tentative d'empoisonnement de son mari. Le témoignage de Bernard en faveur de Thérèse, à savoir qu'il aurait lui-même mal dosé le médicament prescrit par son docteur, a sauvé la jeune femme de la cour d'Assises. Le père de Thérèse ne songe qu'à étouffer l'affaire et que le couple reprenne une vie normale, car il est candidat aux élections sénatoriales et ne veut pas que le scandale s'ébruite trop et nuise à sa carrière. Thérèse lui exprime le désir de revenir habiter avec lui, mais il refuse catégoriquement.

Chapitre 2

Dans la carriole qui l'amène à la gare de Nizan, Thérèse songe. Elle craint de revoir son mari et de subir ses questions. Elle s'assoupit et rêve au juge d'instruction qui la confronte à un paquet qu'elle a dissimulé dans une vieille pèlerine qui ne sert plus que pour la chasse. Ce paquet contient du chloroforme, de l'aconit et de la digitaline. Elle se réveille en sursaut et décide que le mieux est de reprendre la vie avec Bernard après lui avoir fait sa confession. Elle y voit le seul salut possible pour elle. Installée dans le train, Thérèse espère un pardon de la part de Bernard. Elle souhaite regagner sa confiance, que leur couple reprenne, qu'ils vieillissent et attendent ensemble la mort. Elle songe à son enfance et revoit ses années de lycée comme un paradis. Elle se revoit pure comme un ange avant que le mariage et la maternité viennent la souiller. Elle repense aussi à la pureté de son amie Anne de la Trave, demi-sœur de Bernard et élève au Sacré-Cœur, une pureté faite surtout d'ignorance. Que de beaux souvenirs elle a gardés des étés à Argelouse en compagnie d'Anne. Mais le train approche de Saint-Clair et Thérèse doit préparer sa défense avant d'affronter Bernard.

Chapitre 3

Toujours dans le wagon du train, Thérèse revoit Anne, la petite sœur de Bernard, à bicyclette sur la route de Saint-Clair. Le bonheur songe Thérèse, c'était de regarder un album de photographies en compagnie d'Anne sur le canapé du salon de leur maison d'Argelouse. Le bonheur d'être ensemble était sans limites et les deux amies étaient inséparables. L'attirance de Thérèse pour Anne était d'autant plus étrange que les deux jeunes filles ne possédaient aucun goût commun. Anne détestait la lecture et n'aimait que coudre, jacasser et rire pendant que Thérèse dévorait littéralement tous les livres qui traînaient dans la vieille maison de campagne. Pourtant Thérèse était insatiable de la présence d'Anne. Elle l'accompagnait dans toutes ses activités malgré le fait qu'elle en détestait plusieurs. Les pensées de Thérèse se concentrent bientôt sur les raisons qu'elle a eues d'épouser Bernard. Elle était heureuse à l'idée de devenir la belle-sœur d'Anne. Mais les deux mille hectares de Bernard ne l'avaient pas laissée indifférente, car elle avait la propriété dans le sang. Cette domination sur une grande étendue de forêt l'avait séduite. Mais le mariage avait également constitué pour Thérèse un refuge. Au printemps de leurs fiançailles, Thérèse et Bernard s'étaient rendus en promenade jusqu'à la propriété des Azévédo qui faisaient construire une chambre supplémentaire pour accueillir leur fils malade de la poitrine. Bernard les méprisait parce qu'ils étaient juifs et sujets aux maladies de toutes sortes.

Chapitre 4

Thérèse repense à son mariage et le voit comme une cage qui s'est refermée sur elle. La joie d'Anne l'irrite, car elle sait qu'elles seront séparées et que plus rien ne sera comme avant. C'est une belle noce mi-paysanne, mibourgeoise, puis le voyage de noces avec Bernard. Le souvenir de la première nuit pas si horrible que ça finalement. La jeune femme apprend à feindre le plaisir, à mimer le désir, la joie et la fatigue. Pendant ce voyage, Thérèse reçoit quelques lettres d'Anne dans lesquelles la jeune fille lui avoue être amoureuse de son voisin Jean Azévédo. En apprenant l'amour d'Anne pour Jean, Bernard est furieux et demande à Thérèse de raisonner sa demi-sœur afin que les projets de mariage avec le fils Deguilhem ne tombent pas à l'eau. Thérèse envie Anne d'être amoureuse et elle transperce la photo de Jean, qu'Anne lui a fait parvenir, avec une épingle juste à la place du cœur avant de la jeter dans le lavabo. Elle accepte la mission que la famille de la Trave lui confie au sujet d'Anne. Lors de la dernière nuit à l'hôtel avant de rentrer de leur voyage de noces, Thérèse songe au suicide, mais décide de rester en vie ne serait-ce que pour convaincre Anne que le bonheur n'existe pas.

Chapitre 5

Encore plongée dans ses pensées, Thérèse se remémore son installation à Saint-Clair, dans la maison de ses beaux-parents. Anne est prisonnière et n'a pas la permission de sortir. Ses parents s'inquiètent pour le mariage

Deguilhem. Ils essaient de persuader Anne de partir en voyage avec eux pour oublier le jeune Azévédo mais Anne refuse de s'éloigner de Jean. Thérèse réussit à la persuader de faire ce voyage en lui promettant de rencontrer Jean Azévédo et de lui faire parvenir les lettres d'amour qu'Anne rédige pour lui. Encore une fois, Thérèse envie l'amour qu'éprouve Anne pour Jean. Elle est enceinte de Bernard et voudrait que cet enfant ne voit jamais le jour.

Chapitre 6

Une fois les La Trave partis en voyage avec Anne qu'ils ont finalement persuadé de partir avec eux, Thérèse et Bernard vont s'installer à Argelouse dans la maison de Thérèse. Bernard rappelle sans cesse à Thérèse sa mission de faire lâcher prise à Jean Azévédo. Elle le rabroue et sa grossesse la rend de mauvaise humeur. Bernard commence à souffrir des nerfs et de l'obsession de la mort. Il craint sans cesse pour son cœur, la partie faible des Desqueyroux. Sur l'insistance de Thérèse, il se décide à consulter le médecin. Thérèse se souvient d'avoir toujours jugé Bernard comme un être supérieur qui a réussi à sortir de son trou jusqu'à ce qu'elle rencontre Jean Azévédo. C'est en octobre, à la palombière où lui et Anne avaient l'habitude de se rencontrer. Il est seul. Thérèse lui reproche de porter le trouble dans une famille honorable. Jean lui rétorque qu'il n'a jamais eu l'intention d'épouser Anne. Pour lui, toute cette histoire n'est qu'un jeu anodin. Thérèse est aussitôt éblouie par sa fougue et son intelligence. Jean la reconduit à Argelouse tout en l'entretenant de mille sujets intéressants, dont la religion et la recherche de Dieu. Thérèse apprécie la facilité de Jean à se livrer, à parler de ses pensées intérieures contrairement aux provinciaux de la région. Jean est le premier homme qu'elle rencontre et pour qui compte, plus que tout, la vie de l'esprit. Avant de se quitter, ils prennent rendez-vous pour arrêter un plan de conduite au sujet d'Anne.

Chapitre 7

De retour à la maison, Bernard annonce triomphalement à Thérèse qu'il n'est pas malade, mais qu'il va tout de même suivre un traitement à l'arsenic, le traitement Fowler. Il s'informe ensuite du plan qu'elle a arrêté avec Jean pour décourager Anne. Thérèse improvise et raconte que Jean a accepté d'écrire une lettre à Anne afin de lui enlever tout espoir.

Jean quitte Argelouse au mois d'octobre, mais avant, il fait cinq ou six promenades avec Thérèse. Il persuade la jeune femme que jamais elle ne pourra devenir elle-même dans ce climat provincial étouffant. Pour Jean, il n'existe pas de pire déchéance que celle de se renier. Thérèse est bouleversée par ses conversations avec Jean. Après le départ du jeune homme, elle souffre de devoir reprendre sa morne vie aux côtés de Bernard dans le silence d'Argelouse. Jean lui a donné rendez-vous à Paris dans un an, certain qu'elle saura se libérer d'ici là. Le surlendemain de son départ, Anne fait irruption dans la maison, la lettre de Jean à la main. Elle refuse de lâcher prise et veut absolument le retrouver. Apprenant que le jeune homme est à Paris, elle accuse Thérèse de l'avoir trahie. Suivie de son amie, Anne se précipite à Vilméja, à la maison de Jean pour constater que celle-ci est vide. De retour chez Thérèse, une scène terrible éclate entre Bernard et Anne. Bernard enferme sa sœur dans une chambre. L'esprit de famille a toujours primé chez lui songe Thérèse. Elle sait que son sort à elle est fixé à jamais.

Chapitre 8

Enceinte, Thérèse ne quitte plus Argelouse jusqu'à sa délivrance. Elle écrit une lettre à Jean, mais ne reçoit pas de réponse. Elle craint de mourir en couches. Bernard lui démontre beaucoup de sollicitude, mais elle le soupçonne de ne se préoccuper que de son héritier et non d'elle. L'unique route de Saint-Clair menaçant de devenir impraticable en raison de la pluie ininterrompue de la fin décembre, Thérèse s'installe au bourg. Elle ne voit Anne qu'aux repas et celle-ci semble enfin accepter le mariage avec le fils Deguilhem. Bernard va moins bien et boit de plus en plus d'apéritifs. Au lendemain de ses couches, Thérèse commence vraiment à ne plus pouvoir supporter la vie. Elle ne supporte pas non plus que sa fille Marie puisse lui ressembler. Le bruit se met à courir que le sentiment maternel ne l'étouffe pas. Par contre, depuis l'arrivée de Marie dans la maison, Anne reprend goût à la vie. Elle s'accapare l'enfant au détriment de la mère, mais Thérèse se sent détachée de sa fille comme de tout le reste. Elle exècre son mari de plus en plus. Sa corpulence et sa satisfaction animale lui répugnent. Des semaines se passent sans une goutte de pluie. Bernard redoute les incendies et recommence à souffrir du cœur. Le moment est venu pour Thérèse de se remémorer l'acte qu'elle a commis le jour du grand incendie de Mano. Dans l'énervement, Bernard double sa dose de médicaments et

Thérèse se garde de lui en faire part. Lors de la visite du docteur, elle ne dit rien de l'erreur de son mari qui se tord de douleur et est secoué de vomissements violents. À partir de ce jour, elle fait tomber des gouttes dans le verre de Bernard à son insu et ne s'explique toujours pas les véritables raisons de son geste. Ce qu'elle sait, c'est que dès cet instant, elle s'enfonce dans le crime. Le couple repart s'installer à Argelouse avec la tante Clara. Bernard espère se guérir de son mal par la chasse à la palombe. Tante Clara étant elle-même malade, toutes les besognes retombent sur les épaules de Thérèse. Elle s'occupe de faire exécuter les ordonnances et de payer les remèdes. Elle ne pense plus à Jean Azévédo ni à personne au monde. Au début de décembre, l'état de Bernard s'aggrave. Le docteur découvre que des ordonnances ont été falsifiées par une main criminelle. Bernard est transporté à Bordeaux dans une clinique où son état s'améliore. Thérèse reçoit la visite de son père qui la conjure de tenter de se disculper. Le docteur retire sa plainte, n'étant plus certain de ne pas s'être trompé en rédigeant les ordonnances. Thérèse explique à son père qu'elle a rencontré sur la route un homme étranger qui lui a demandé de se charger de son ordonnance, car il n'osait pas se présenter chez le pharmacien à qui il devait de l'argent. Il est venu chercher les remèdes un soir sans que personne ne l'aperçoive et il n'a laissé ni son nom, ni son adresse... Son père lui conseille de trouver autre chose pour sa défense que cette histoire.

Chapitre 9

Le train arrive enfin à Saint-Clair. Thérèse se réfugie dans la carriole qui la mènera chez elle, à Argelouse. Elle avait préparé une confession à l'intention de Bernard, mais tout s'effondre. Elle décide de ne répondre qu'aux questions qu'il lui posera. Elle souhaite presque que Bernard se contente de lui ouvrir les bras pour qu'elle s'y jette et se laisse aller aux larmes. Sur la route, Thérèse aperçoit son mari et la tante Clara venus à sa rencontre. Ils montent dans la carriole pour le reste du chemin. À la maison, Thérèse réalise que Bernard ne pourra jamais la comprendre ni lui pardonner son geste. Ils s'enferment au salon où elle demande à son mari de la laisser partir et disparaître de sa vie, mais celui-ci lui ordonne d'obéir à ce que la famille a décidé pour elle. Bernard dit qu'il a fait un faux témoignage en sa faveur uniquement pour sauver l'honneur de la famille et qu'elle n'a plus qu'à suivre ses directives. Ils s'installeront chez les Desqueyroux à Argelouse et Thérèse sera confinée dans sa chambre, sans avoir accès aux autres pièces. Ses repas seront servis dans sa chambre et elle devra accompagner Bernard à la messe du dimanche comme d'habitude. Les apparences doivent être sauvegardées absolument. Ils doivent présenter l'image d'un couple uni. La mère de Bernard emmène Marie avec elle dans le Midi. Bernard craint que Thérèse ne s'attaque à son enfant après avoir attenté aux jours de son mari, car Marie est l'unique héritière du domaine. Thérèse réalise que Bernard croît qu'elle a voulu se débarrasser de lui uniquement pour hériter des pins de la famille. Bernard ajoute qu'après le mariage d'Anne avec le fils Deguilhem, il partira s'installer à Saint-Clair et elle restera ici à Argelouse. Bernard est fier de pouvoir enfin dominer Thérèse et de la tenir à sa merci. Il n'éprouve plus aucun amour pour elle et tout ce qu'il veut, c'est qu'elle lui obéisse et rampe devant lui, vaincue.

Chapitre 10

Après le départ de Bernard, Thérèse reste assise au salon dans le noir. Elle réalise que cette famille est en train d'essayer de l'anéantir. Elle se sent prise dans une mécanique dont elle n'a pas eu le temps de sortir des rouages avant de s'y faire broyer. Elle ouvre la fenêtre et songe à fuir, mais pour aller où ? Elle n'a pas d'argent sur elle et ne peut toucher un sou sans l'entremise de Bernard. Le suicide demeure la seule solution possible. Elle monte l'escalier et va chercher le paquet de médicaments qu'elle avait laissé dans sa vieille pèlerine. Après une courte visite dans la chambre de sa fille endormie, elle regagne la sienne, emplit d'eau un verre, mais hésite entre les trois poisons : digitaline, chloroforme et aconitine. Elle choisit le chloroforme, mais doit se hâter, car déjà, la maison s'éveille. Soudain, la servante fait irruption dans sa chambre sans frapper et déclare avoir trouvé tante Clara morte dans son lit. Aux funérailles, Thérèse occupe son rang. On la soupçonne d'être responsable de cette mort.

Chapitre 11

Bernard et Thérèse s'installent donc dans la maison des Desqueyroux à Argelouse. L'automne est beau et la chasse retient Bernard dehors jusqu'au soir. Thérèse est confinée dans sa chambre. Le mauvais temps d'octobre s'installe. La jeune femme prend de grandes marches, mais ne parle jamais à personne. Un soir, n'y tenant plus, elle entre dans la cuisine malgré l'interdiction. Bernard lui annonce alors son départ pour Beaulieu où se trouvent déjà sa fille Marie et sa mère Mme de la Trave. Thérèse reste donc seule à Argelouse, seule avec la plainte du vent dans les pins. Elle reste dans sa chambre, fume beaucoup et s'invente une vie imaginaire à Paris, au milieu de jeunes gens dont Jean Azévédo, d'artistes et d'écrivains qui l'écoutent livrer son cœur et ses pensées profondes. Elle se sent comprise et aimée. Elle rêve de s'enfuir à Paris pour retrouver Jean, mais l'argent demeure un obstacle insurmontable. La pluie d'automne n'arrête pas. Thérèse passe des journées dans sa chambre sans se lever ni faire sa toilette. Elle fume, brûle ses draps et se laisse aller à ses imaginations nocturnes. Elle maigrit de plus en plus et devient squelettique. La servante doit la forcer à se lever pour faire un peu de ménage dans la chambre, mais Thérèse retourne bien vite dans son lit. Sa souffrance est devenue sa seule et unique raison d'exister.

Chapitre 12

Un jour, la servante apporte une lettre de Bernard dans laquelle il annonce son arrivée dans une dizaine de jours, avant le vingt décembre. Il sera accompagné d'Anne et du fils Deguilhem qui viennent de se fiancer. Bernard met Thérèse en garde contre toute tentative de sabotage de ce mariage par son attitude. Il compte sur elle pour bien jouer son rôle de femme souffrante et neurasthénique. Ils arrivent donc le dix-huit décembre. Thérèse est prête à les recevoir et à supporter l'inspection que le fils Deguilhem lui fera subir. Bernard est nerveux et a peur que sa femme compromette tout sans rien faire qu'on puisse lui reprocher. Thérèse fait son entrée, exsangue, décharnée, le corps détruit et le visage blafard. Elle met son état sur le compte du mauvais temps et de son manque d'appétit. Anne lui donne des nouvelles de Marie, mais Thérèse a du mal à se concentrer sur une autre personne qu'elle-même. Elle fait un grand effort pour écouter le fils Deguilhem parler de sa propriété de Balisac. Après le départ d'Anne et du fils Deguilhem, Bernard, furieux contre les serviteurs, décide de prendre les choses en main et de s'occuper lui-même de la santé de Thérèse. Il reste donc à Argelouse pour prendre soin de la jeune femme. Il désire qu'elle guérisse coûte que coûte. Il lui déclare qu'elle sera libre de partir aussitôt après le mariage d'Anne. Il la reconduira à Paris et la laissera refaire sa vie comme elle l'entend. Pas de divorce ni de séparation officielle, mais une raison de santé sera le prétexte de son départ. Thérèse échafaude plein de projets pour sa nouvelle vie à Paris : elle habitera l'hôtel, suivra des cours, des conférences, des concerts. Elle reprendra son éducation à la base. Bernard l'écoute avec une morne indifférence.

Chapitre 13

Un matin chaud de mars, Bernard et Thérèse sont assis à la terrasse du café de la Paix à Paris. Bernard se reproche d'avoir accompagné Thérèse jusqu'à Paris, mais en même temps, il éprouve un sentiment de tristesse à l'idée de se séparer définitivement d'elle. Il ne peut résister à l'envie de lui demander la véritable raison de son geste insensé. Thérèse lui répond qu'elle ne l'a jamais vraiment su. Peut-être était-ce seulement une tentative de jeter le trouble dans l'âme de cet homme et le compliquer un peu. Sur l'instance de Bernard à vouloir plus de détails, Thérèse avoue que tout a commencé le jour du grand incendie de Mano alors qu'il avait oublié de compter les gouttes qui tombaient dans son verre. Mais Bernard ne la croît pas et se moque d'elle. Elle lui assure que ce qu'elle dit n'est pas pour le persuader de son innocence loin de là. Bernard la met au défi de lui dire ce qu'elle voulait en accomplissant un tel crime. Thérèse comprend qu'il s'est éloigné d'elle définitivement et qu'il est inutile d'essayer de lui faire comprendre qu'il y a une autre Thérèse qu'il ne connaît pas et qui ne s'est jamais manifestée au grand jour. Bernard ne comprend pas et regarde sa montre. Ils finissent de tout régler et il s'en va, la laissant seule à sa table. Thérèse pense que si Bernard lui avait pardonné et lui avait demandé de rentrer à la maison avec lui, elle l'aurait aussitôt suivi. Elle se met à dévisager les passants et décide de ne pas aller voir tout de suite Jean Azévédo. Elle ne redoute soudain plus la solitude. Elle déjeune rue Royale et un chaud contentement lui vient grâce à la demi-bouteille de Pouilly. Un jeune homme d'une table voisine lui allume sa cigarette et elle lui sourit. Elle se met à rire toute seule, farde ses joues et ses lèvres, se lève, gagne la rue et se met à marcher au hasard.

III. PERSONNAGES

Thérèse desqueyroux

Thérèse Desqueyroux est le personnage principal du roman de Mauriac. Elle est née Larroque et sa famille est une des plus riches de la région. Ils possèdent une maison à Argelouse et une plantation de pins. Thérèse est une femme très intelligente, pas jolie, mais qui possède beaucoup de charme. C'est un esprit libre, qui méprise les conventions et la vie étriquée de la province. Elle épouse Bernard Desqueyroux mais n'est pas heureuse dans son mariage. Bernard est un être trop simple, trop fruste pour elle. Thérèse sombre de plus en plus dans la tristesse et la mélancolie. Elle rêve d'une autre vie jusqu'à ce qu'elle fasse la rencontre de Jean Azévédo, un jeune étudiant parisien. À partir de ce jour, Thérèse découvre ce que c'est que la vraie vie. Elle prend alors la décision de se débarrasser de son mari en l'empoisonnant lentement. Elle est vite démasquée et accusée de tentative de meurtre. Son mari témoigne en sa faveur pour sauver l'honneur de la famille, mais Thérèse devient une réprouvée, un être immonde aux yeux de tous. Elle songe au suicide, mais ne passe jamais à l'acte. Sa vraie vie commence lors de sa séparation d'avec Bernard et de son installation à Paris où elle compte bien retrouver Jean Azévédo.

C'est un personnage de femme complexe, possédant une âme tourmentée et qui se réfugie à l'intérieur d'elle-même ne se sentant pas comprise ni aimée de son entourage. Thérèse souffre beaucoup du manque d'amour et de compréhension de ses proches. Elle est très centrée sur elle-même et sa propre souffrance. Elle fume énormément et aime lire. Elle est consciente de ses lacunes et de son manque de connaissances et en éprouve de la frustration. C'est une femme d'esprit, une personnalité fière et indomptée. Elle manifeste peu d'amour maternel envers sa fille et s'en désintéresse très vite. Thérèse ne prend jamais ou rarement le risque de se confier à son entourage, certaine de ne pas être comprise. Elle est donc très seule parmi les siens. Mais on sent tout de même chez elle le désir d'avoir une épaule sur laquelle s'appuyer, car elle éprouve un énorme besoin de soutien et de réconfort.

« Trop d'imagination pour te tuer Thérèse. Au vrai, elle ne souhaitait pas de mourir ; un travail urgent l'appelait, non de vengeance, ni de haine : mais cette petite idiote, là-bas, à Saint-Clair, qui croyait le bonheur possible, il fallait qu'elle sût, comme Thérèse, que le bonheur n'existe pas. »

« Ai-je subi un charme physique ? Ah ! Dieu, non ! Mais il était le premier homme que je rencontrais et pour qui comptait, plus que tout, la vie de l'esprit. »

« Quel hasard, songeait-elle que cette mixture fût bienfaisante ! Pourquoi pas mortelle ? Rien ne calme, rien n'endort vraiment si ce n'est pour l'éternité. Cet homme geignard, pourquoi donc avait-il si peur de ce qui sans retour l'apaiserait ? »

« Oui, je n'avais pas du tout le sentiment d'être la proie d'une tentation horrible ; il s'agissait d'une curiosité un peu dangereuse à satisfaire. Le premier jour où, avant que Bernard entrât dans la salle, je fis tomber des gouttes de Fowler dans son verre, je me souviens d'avoir répété : « Une seule fois, pour en avoir le cœur net... je saurai si c'est cela qui l'a rendu malade. Une seule fois, et ce sera fini. »

Bernard desqueyroux

Bernard est l'époux de Thérèse. Il est âgé de vingt-six ans lors de son mariage avec elle. C'est un homme grand, bien bâti, d'aspect campagnard et assez corpulent. Il a fait des études de droit à Paris et a hérité de son père à Argelouse, une maison voisine de celle des Larroque. Il est travailleur, d'une grande bonté, de bonne foi et possède une bonne justesse d'esprit. L'honneur de la famille est ce qu'il y a de plus important pour lui et il fait tout pour le préserver des scandales. C'est un garçon sage et tout le pays attendait ce mariage avec Thérèse, car leurs propriétés semblaient faites pour se confondre. Bernard ne dédaigne ni la nourriture, ni l'alcool ni surtout la chasse. Il travaille d'arrache-pied et se doit d'être plus instruit que sa femme. Thérèse estime que c'est le plus fin des garçons qu'elle aurait pu épouser. Bernard ne parle guère de ce qu'il ne connaît pas et accepte ses limites. Suite au geste insensé de sa femme envers lui, Bernard devient dominateur et sévère. Il est content de tenir Thérèse à sa merci, la sachant beaucoup plus intelligente que lui. Il ne comprendra jamais les vraies raisons du geste de sa femme et tout ce qu'il veut, c'est de se débarrasser d'elle au plus vite et de continuer sa vie comme le vieux garçon de la famille. Pourtant, lors de la dépression de Thérèse, il prend soin d'elle avec beaucoup de compassion. Il démontre de la force de caractère et une droiture sans failles. C'est un homme fiable, prudent et honnête sur lequel on peut compter.

« Tu vas trop loin, Thérèse, permets-moi de te le dire ; même en plaisantant et pour me faire grimper, tu ne dois pas toucher à la famille. »

« Quoi ? Vous osez avoir un avis ? émettre un vœu ? Assez. Pas un mot de plus. Vous n'avez qu'à écouter, qu'à recevoir mes ordres — à vous conformer à mes décisions irrévocables. »

« Je ne cède pas à des considérations personnelles. Moi, je m'efface : la famille compte seule. L'intérêt de la famille a toujours dicté toutes mes décisions. J'ai consenti, pour l'honneur de la famille, à tromper la justice de mon pays. Dieu me jugera. »

« Bernard à cet instant, connut une vraie joie ; cette femme qui toujours l'avait intimidé et humilié, comme il la domine, ce soir ! comme elle doit se sentir méprisée ! Il éprouvait l'orgueil de sa modération. Mme de la Trave lui répétait qu'il était un saint ; toute la famille le louait de sa grandeur d'âme : il avait, pour la première fois, le sentiment de cette grandeur. »

« Ainsi contemplait-il, maintenant, Thérèse exsangue, décharnée, et mesurait-il sa folie de n'avoir pas coûte que coûte écarté cette femme terrible — comme on va jeter à l'eau un engin qui, d'une seconde à l'autre, peut éclater. Que ce fût ou non à son insu, Thérèse suscitait le drame — pire que le drame : le fait divers ; il fallait qu'elle fût criminelle ou victime… »

« Bernard n'interrogeait pas Thérèse sur ses projets : qu'elle aille se faire pendre ailleurs. « Je ne serai tranquille, disait-il à sa mère, que lorsqu'elle aura débarrassé le plancher. »

Marie

La fille unique de Thérèse et Bernard.

Jérome larroque

Jérome Larroque est le père de Thérèse. C'est un petit homme aux jambes arquées. Il est maire et conseiller de la sous-préfecture de B.. C'est un radical entêté, méfiant, qui joue sur plusieurs tableaux. Propriétaire industriel outre une scierie à B., il traite lui-même sa résine et celle de son nombreux parentage dans une usine de Saint-Clair. C'est surtout un politicien à qui ses manières cassantes font du tort, mais il est très écouté à la préfecture. Il méprise les femmes même Thérèse dont tout le monde loue l'intelligence. Les femmes à son avis sont toutes des hystériques quand elles ne sont pas des idiotes. C'est un anticlérical qui se montre volontiers pudibond. Pour lui, seul compte son ascension au Sénat et il cherche par tous les moyens à étouffer l'affaire de Thérèse. Il est content que sa fille ne porte plus son nom, mais celui de son mari. Il ne démontre pas beaucoup d'amour envers elle. Après le procès, il tient à ce que Thérèse rejoigne son mari et reprenne sa vie d'avant, bourgeoise et respectueuse des conventions.

« Tu deviens tout à fait folle ? Quitter ton mari en ce moment ? Il faut que vous soyez comme les deux doigts de la main... comme les deux doigts de la main, entends-tu ? jusqu'à la mort... »

« Mais, Thérèse, je vous attendrai chez moi les jeudis de foire, comme d'habitude. Vous viendrez comme vous êtes toujours venus ! »

« Tu feras tout ce que ton mari te dira de faire. Je ne peux pas mieux dire. »

Maître duros

L'avocat de Thérèse.

Anne de la trave

Elle est la demi-sœur de Bernard et la meilleure amie de Thérèse au temps du lycée malgré le fait qu'Anne possède un caractère très différent de celui de Thérèse. Elle a été éduquée au couvent du Sacré-Cœur. C'est une jeune fille romantique, rêveuse, qui n'aime pas la lecture, mais adore la couture, rire et jacasser. Elle ne possède aucune idée sur rien tandis que Thérèse dévore tous les romans qui lui tombent sous la main. Aucun goût commun hors celui d'être ensemble même si souvent, elles n'ont strictement rien à se dire. Anne a moins de caractère que Thérèse et finira par se plier aux conventions sociales contrairement à son amie. Elle tombe amoureuse de Jean Azévédo mais lui reste assez indifférent. Il part pour Paris alors qu'Anne est emmenée en voyage par ses parents afin de l'éloigner de cet amour insensé. Thérèse est mandatée pour détacher Jean de la jeune fille et y réussit. À partir de ce jour, Anne ne lui accorde plus sa confiance. Anne est aussi très proche de Marie, la petite fille de Thérèse, et reproche à celle-ci son absence d'amour maternel. Elle finit par épouser le fils Deguilhem et devient une femme typique de la bourgeoisie familiale de Saint-Clair, respectueuse des convenances et ne vivant que pour sa progéniture.

« Je me dis qu'il existe pourtant une joie au-delà de cette joie ; et quand Jean s'éloigne de ce qui va être le lendemain, me rend sourde aux plaintes, aux supplications, aux injures de ces pauvres gens qui ne savent pas... qui n'ont jamais su... »

« Depuis qu'un enfant respirait dans la maison, c'était vrai qu'Anne avait recommencé de vivre. Toujours un berceau attire les femmes ; mais Anne, plus qu'aucune autre, maniait l'enfant avec une profonde joie. (...) « La petite me connaît bien mieux que sa mère. Dès qu'elle me voit, elle rit. L'autre jour, je l'avais dans mes bras, elle s'est mise à hurler lorsque Thérèse a voulu la prendre. Elle me préfère, au point que j'en suis gênée... » »

« Anne parut de nouveau méfiante, hostile ; depuis des mois, elle répétait souvent, avec les mêmes intonations que sa mère : « Je lui aurais tout pardonné, parce qu'enfin c'est une malade ; mais son indifférence pour Marie, je ne peux pas la digérer. Une mère qui ne s'intéresse pas à son enfant, vous pouvez inventer toutes les excuses que vous voudrez, je trouve ça ignoble. »

« Comment lui expliquer ? Elle ne comprendrait pas que je suis remplie de moi-même, que je m'occupe tout entière. Anne, elle, n'attend que d'avoir des enfants pour s'anéantir en eux, comme a fait sa mère, comme font toutes les femmes de la famille. (...) Anne oubliera son adolescence contre la mienne,

les caresses de Jean Azévédo, dès le premier vagissement du marmot que va lui faire ce gnome, sans même enlever sa jaquette. Les femmes de la famille aspirent à perdre toute existence individuelle. »

Tante clara

Vieille fille âgée de quatre-vingt-deux ans souffrant de surdité, elle est la sœur aînée du père de Thérèse. Elle habite la maison des Larroque à Argelouse et est incapable de vivre ailleurs. Elle passe son temps à nasiller des histoires de cuisine et de métairie. Elle raconte presque toujours des anecdotes sinistres touchant les métayers qu'elle soigne, qu'elle veille avec un dévouement lucide. Dans un patois innocent, elle cite leurs mots les plus atroces. C'est une vieille radicale, plus croyante qu'aucun La Trave, mais en guerre ouverte contre l'Être infini qui a permis qu'elle fût sourde et laide, qu'elle mourût sans n'avoir jamais été aimée ni possédée. Tante Clara n'aime que Thérèse, prend souvent sa défense et pleure lorsque celle-ci lui fait part de sa crainte de mourir en couches comme sa mère. Elle n'entend pas bien ce qui se passe autour d'elle et est constamment inquiète. Elle se sent souvent de trop et parle beaucoup pour ne pas avoir à écouter et à répondre à ce qu'on lui dit. Lors du retour de Thérèse à la maison après le procès, Tante Clara est très émue et essaie d'écouter à la porte du salon. Bernard la reconduit à sa chambre où elle meurt dans son sommeil.

« Oui, la tante le savait : ce fut toujours sa malchance d'entrer chez Thérèse au moment où la jeune femme souhaitait d'être seule. Souvent il avait suffi à la vieille d'entrouvrir la porte, pour se sentir importune. »

Mme victor de la trave

La mère de Bernard est une femme conventionnelle et calculatrice. Elle aime les gens pour ce qu'ils peuvent lui apporter à elle et à sa famille. Elle a épousé en secondes noces Victor de la Trave, un homme sans le sou et dépensier. Elle est satisfaite du mariage de Bernard avec Thérèse, car celle-ci est la fille la plus riche de la région. Elle adule son fils et lui répète sans cesse qu'il est un saint. Elle possède une grande emprise sur lui et lui sert de conseillère en toutes choses. La mère de Bernard n'a jamais vraiment aimé Thérèse, elle l'a toujours trouvée étrange et bizarre et suite au procès, elle éprouve pour la jeune femme une véritable répugnance.

« Mme de la Trave lui répétait qu'il était un saint ; toute la famille le louait de sa grandeur d'âme : il avait, pour la première fois le sentiment de cette grandeur. »

« Elle n'a pas nos principes, malheureusement ; par exemple, elle fume comme un sapeur : un genre qu'elle se donne ; mais c'est une nature très droite, franche comme l'or. Nous aurons vite fait de la ramener aux idées saines. Certes, tout ne nous sourit pas dans ce mariage. (...) Le père pense mal c'est entendu ; mais il ne lui a donné que de bons exemples : c'est un saint laïque. Et il a le bras long. On a besoin de tout le monde. (...) Et puis, vous me croirez si vous voulez : elle est plus riche que nous. »

« Ne me demande pas de l'embrasser. On ne peut pas demander ça à ta mère. Ce sera déjà pour moi bien assez terrible de toucher sa main. Tu vois : Dieu sait que c'est épouvantable ce qu'elle a fait ; eh bien, ce n'est pas ce qui me révolte le plus. On savait déjà qu'il y avait des gens capables d'assassiner... mais c'est son hypocrisie ! Ça, c'est épouvantable ! »

Victor de la trave

Second époux de la mère de Bernard, il est sans le sou lors de son mariage avec elle et ses grandes dépenses sont la fable de Saint-Clair.

Jean azévédo

Jeune étudiant, sa famille d'origine juive habite Vilméja. Il possède un front construit, des yeux veloutés, de trop grosses joues et des boutons. Anne tombe amoureuse de Jean et veut tout quitter pour lui, mais Jean n'éprouve pour elle qu'une vague attirance sans plus. Il avoue même que toute cette histoire n'est qu'un jeu anodin pour lui. Il se rend très vite aux arguments de Thérèse et s'empresse d'écrire une lettre à Anne dans laquelle il ne lui laisse aucun espoir. Par contre, Jean semble très attiré par Thérèse dont il a beaucoup entendu parler. Avant son départ pour Paris, il lui donne rendez-vous dans un an, certain qu'elle aura réussi à se libérer de Bernard.

« Voyons, Thérèse, ne discute pas pour le plaisir de discuter ; tous les juifs se valent... et puis c'est une famille de dégénérés — tuberculeux jusqu'à la moelle, tout le monde le sait. »

« Vous me dites qu'elle souffre, madame ; mais croyez-vous qu'elle ait rien de meilleur à attendre de sa destinée que cette souffrance ? (...) Avant qu'elle ne s'embarque pour la plus lugubre traversée à bord d'un vieille maison de Saint-Clair, j'ai pourvu Anne d'un capital de sensations, de rêves — de quoi la sauver peut-être du désespoir et, en tout cas, de l'abrutissement. »

« Vivre dangereusement, au sens profond, ajouta-t-il, ce n'est peut-être pas tant de chercher Dieu que de le trouver et, l'ayant découvert, que de demeurer dans son orbite. »

« Jean Azévédo me décrivait Paris, ses camaraderies, et j'imaginais un royaume dont la loi eût été de « devenir soi-même ». « Ici vous êtes condamnés au mensonge jusqu'à la mort. » Prononçait-il de telles paroles avec intention ? De quoi me soupçonnait-il ? »

Le fils deguilhem

Époux d'Anne de la Trave, il possède une propriété à Balisac. Il est très conventionnel.

« Elle sourit brièvement au « bonheur d'Anne », au fils Deguilhem — à ce crâne, à ces moustaches de gendarmes, à ces épaules tombantes, à cette jaquette, à ces petites cuisses grasses sous un pantalon rayé gris et noir (mais quoi ! c'était un homme comme tous les hommes — enfin, un mari). »

Balion et balionte

Couple de serviteurs travaillant au service des Desqueyroux.

Le docteur Pédemay

Médecin de Bernard, il réalise que des prescriptions pour les médicaments de Bernard ont été falsifiées par une main criminelle et porte plainte à la police.

IV. STYLE

Le style de François Mauriac a souvent été qualifié de classique. On a aussi souvent qualifié le romancier de remarquable analyste des passions de l'âme et un violent pourfendeur de la bourgeoisie provinciale. Ce roman en est un parfait exemple.

En effet, François Mauriac met en scène un personnage féminin remarquable en la personne de Thérèse Desqueyroux, cette jeune fille de bonne famille qui se voit prise au piège du mariage tout ce qu'il y a de conventionnel avec Bernard, un garçon beaucoup plus simple qu'elle. Thérèse est une femme tourmentée, qui se sent incomprise de son entourage et qui souffre du manque d'amour de la part de sa famille. Elle se referme donc sur elle-même et porte un masque. Elle est murée dans sa souffrance et celle-ci l'occupe entièrement, faisant d'elle un être qu'on pourrait qualifier d'égocentriste. En fait, ce mariage désastreux a pour effet d'éteindre la vie de cette femme qui commençait à peine à vouloir s'épanouir et devenir elle-même en toute liberté. Sa rencontre avec Jean Azévédo sera déterminante sur son avenir. En effet, le jeune homme laisse entrevoir à Thérèse ce que c'est que la vraie vie et le bonheur de pouvoir échanger ses idées sur le monde sans honte ni censure d'aucune sorte.

Le premier chapitre nous montre Thérèse sortant de son procès avec un verdict de non-lieu et étant raccompagnée par son père et son avocat, à la carriole qui l'amènera à la gare. Installée dans le wagon du train qui la ramène chez elle à Saint-Clair, Thérèse laisse vagabonder ses pensées. Les chapitres deux à huit inclusivement nous dépeignent ces pensées parfois remplies de nostalgie, qui font revivre le passé de Thérèse, ses bonheurs en compagnie de son amie Anne, son mariage avec Bernard, leur voyage de noces, leur vie à Argelouse, les angoisses de Bernard qui craint pour son cœur, la grossesse, la naissance de Marie, le grand feu de Mano et le début des actes qui feront de Thérèse une criminelle ayant porté atteinte à la vie de son époux. L'auteur plonge donc dans les pensées profondes de son personnage et nous le fait connaître de l'intérieur. L'âme de Thérèse nous est livrée dans toute sa beauté, mais aussi dans toute sa complexité, sa laideur et sa monstruosité.

Le génie de Mauriac explose dans ce livre remarquable sur la souffrance intérieure d'une femme indépendante, qui refuse les conventions, la vie étriquée de la province et qui aspire à être libre et pleinement elle-même. Le personnage de Thérèse évolue dans un entourage qui ne lui convient pas et elle en souffre énormément. Le dernier chapitre laisse entrevoir plein de possibilités pour l'avenir de Thérèse. Ce n'est pas une fin, mais plutôt un commencement, une naissance, une libération...

V. LES THÈMES

La bourgeoisie provinciale

Dans ses livres, Mauriac n'a cessé de dépeindre le milieu étriqué de la bourgeoisie provinciale. Ce livre ne fait pas exception à la règle. L'écrivain démontre très bien à quel point une personne comme Thérèse est étouffée par les conventions et les vieux principes bourgeois de la famille et de la respectabilité. Le tempérament de Thérèse refuse de se plier aux règles dictées par la petite société rurale dont elle est issue. Elle se voit alors obligée de porter un masque en permanence, de cacher toutes ses pensées profondes et vraies pour ne dire que ce qu'on attend d'elle ou bien pour se laisser aller parfois à la raillerie et au cynisme, ce qui a pour effet d'indigner Bernard, son mari. Thérèse est en prison littéralement dans ce mariage sinistre avec un homme qui ne lui convient pas et qu'elle méprise pour son manque de finesse et de sensibilité. Elle joue son rôle comme il se doit, mais à l'intérieur d'elle, les pensées bouillonnent. Thérèse est perçue par son entourage comme une femme différente, très intelligente, mais bizarre qu'il faut dompter et mettre au pas. La vie bien réglée de la famille n'accepte pas les débordements ni les comportements hors normes. Les mariages se font souvent par intérêt plus que par amour.

« Thérèse approuvait Bernard lorsqu'il répétait que si Anne manquait le mariage Deguilhem, ce serait un désastre. Les Deguilhem ne sont pas de leur monde : le grand-père était berger... Oui, mais ils ont les plus beaux pins du pays et Anne, après tout, n'est pas si riche. »

Les pensées criminelles

Un être comme Thérèse, qui a souffert toute sa vie et qui souffre encore du manque d'amour et de compréhension de son entourage, finit par développer d'étranges pensées qui dans le cas de Thérèse, évoluent vers des actes qui visent à mettre fin aux jours de son mari. Mais quelle est donc la vraie raison de cet acte insensé auquel la jeune femme cède ? Le sait-elle seulement ? A-t-elle succombé à une impulsion subite du moment, qui s'est transformée en acte prémédité et délibéré. La jeune femme avait-elle trouvé enfin un moyen de contrôler sa vie, d'agir sur son destin et ne plus se laisser diriger par la famille et ses dictats ? Voulait-elle vraiment se débarrasser de Bernard parce qu'elle éprouvait de la répugnance à son égard ou était-ce seulement un moyen de se libérer d'une situation qui devenait de plus en plus intenable pour elle faisant de sa vie un véritable enfer ? Ce qui est étonnant, c'est qu'elle soit passée à l'acte d'une façon si spontanée et naturelle. On dirait que les pensées criminelles sont venues après l'acte et non avant. Une chose est sûre, Mauriac décrit très bien le traitement réservé aux criminels ou ceux qu'on soupçonne l'être. Thérèse est montrée du doigt, on l'évite, on la craint, on la surveille et Bernard la confine dans sa chambre en lui interdisant les autres pièces de la maison. Ce qui a pour effet de plonger la jeune femme dans une profonde dépression dont elle réussira heureusement à émerger avec l'aide de son mari.

« Elle mit une passion étrange à se charger : pour avoir agi ainsi en somnambule, il fallait, à l'entendre, que depuis des mois elle eût accueilli dans son cœur, qu'elle eût nourri des pensées criminelles. D'ailleurs, le premier geste accompli, avec quelle fureur lucide elle avait poursuivi son dessein ! avec quelle ténacité ! Je ne me sentais cruelle que lorsque ma main hésitait. Je m'en voulais de prolonger vos souffrances. Il fallait aller jusqu'au bout, et vite ! Je cédais à un affreux devoir. Oui, c'était comme un devoir. (...)

Importance de l'individualité

Le roman nous expose très bien ce qu'il en coûte de ne pas respecter son individualité et d'essayer de se fondre dans la masse, d'entrer dans un moule qui nous est imposé par la société plutôt que de vivre vraiment notre propre individualité coûte que coûte. Il est très souffrant pour une jeune femme comme Thérèse, intelligente et méprisante des conventions, de devoir se plier aux règles du mariage et de la vie familiale de province. Elle doit cacher au fond d'elle-même cette vraie Thérèse que personne encore ne connaît vraiment et agir de la façon dont son entourage désire qu'elle le fasse. Cette situation débouche sur une immense souffrance intérieure pour la jeune femme qui doit étouffer son appétit de vivre et l'envie de laisser éclater ses idées au grand jour. Mais elle accepte tout de même ses deux personnalités et va même jusqu'à affirmer à Bernard au moment de le quitter qu'elle pourrait très bien continuer à jouer le rôle que la famille attend d'elle.

« Les La Trave vénéraient en moi un vase sacré ; le réceptacle de leur progéniture ; aucun doute que, le cas échéant, ils m'eussent sacrifiée à cet embryon. Je perdais le sentiment de mon existence individuelle. Je n'étais que le sarment ; aux yeux de la famille, le fruit attaché à mes entrailles comptait seul. »

« Ce que je voulais ? Sans doute serait-il plus aisé de dire ce que je ne voulais pas ; je ne voulais pas jouer un personnage, faire des gestes, prononcer des formules, renier enfin à chaque instant une Thérèse qui... Mais non, Bernard ; voyez, je ne cherche qu'à être véridique ; comment se fait-il que tout ce que je vous raconte là rende un son si faux ? »

« Mais maintenant Bernard, je sens bien que la Thérèse qui, d'instinct, écrase sa cigarette parce qu'un rien suffit à mettre le feu aux brandes — la Thérèse qui aimait compter ses pins elle-même, régler ses gemmes — la Thérèse qui était fière d'épouser un Desqueyroux, de tenir son rang au sein d'une bonne famille de la lande, contente enfin de se caser, comme on dit, cette Thérèse-là est aussi réelle que l'autre, aussi vivante ; non, non : il n'y avait aucune raison de la sacrifier à l'autre. »

L'amitié

Thérèse n'a qu'une seule amie en la personne d'Anne, la demi-sœur de Bernard. Les deux jeunes filles sont pourtant très différentes de caractère, mais éprouvent l'une pour l'autre une attirance irrésistible. Elles aiment être ensemble tout simplement même si souvent elles n'ont pas grand-chose à se dire. Anne n'est pas une intellectuelle, mais au contraire, elle aime la chasse comme Bernard et aussi rire et jacasser. Thérèse par contre adore la lecture et lit tout ce qui lui tombe sous la main. Pourquoi deux caractères si différents s'accordent-ils si bien ensemble ? C'est étrange. Mais l'amitié ne tiendra pas au-delà du départ de Jean Azévédo et Anne deviendra distante et méfiante envers Thérèse. L'éloignement des deux amies se poursuivra suite au procès et l'amitié d'Anne se transformera en répugnance envers son ancienne grande amie. La vie et les événements auront raison de cette attirance, mais c'était à prévoir puisque Anne était destinée à devenir une femme conventionnelle comme toutes les autres de sa famille contraire-ment à Thérèse au caractère indomptable.

« *D'où lui venait ce bonheur ? Anne avait-elle un seul des goûts de Thérèse ? Elle haïssait la lecture, n'aimait que coudre, jacasser et rire. Aucune idée sur rien tandis que Thérèse dévorait du même appétit les romans de Paul de Kock, Les Causeries du lundi, l'Histoire du Consulat, tout ce qui traîne dans les placards d'une maison de campagne. Aucun goût commun, hors celui d'être ensemble durant ces après-midi où le feu du ciel assiège les hommes barricadés dans une demi-ténèbre.* »

Dans la même collection en numérique

Les Misérables
Le messager d'Athènes
Candide
L'Etranger
Rhinocéros
Antigone
Le père Goriot
La Peste
Balzac et la petite tailleuse chinoise
Le Roi Arthur
L'Avare
Pierre et Jean
L'Homme qui a séduit le soleil
Alcools
L'Affaire Caïus
La gloire de mon père
L'Ordinatueur
Le médecin malgré lui
La rivière à l'envers - Tomek
Le Journal d'Anne Frank
Le monde perdu
Le royaume de Kensuké
Un Sac De Billes
Baby-sitter blues
Le fantôme de maître Guillemin
Trois contes
Kamo, l'agence Babel
Le Garçon en pyjama rayé
Les Contemplations

Escadrille 80

Inconnu à cette adresse

La controverse de Valladolid

Les Vilains petits canards

Une partie de campagne

Cahier d'un retour au pays natal

Dora Bruder

L'Enfant et la rivière

Moderato Cantabile

Alice au pays des merveilles

Le faucon déniché

Une vie

Chronique des Indiens Guayaki

Je voudrais que quelqu'un m'attende quelque part

La nuit de Valognes

Œdipe

Disparition Programmée

Education européenne

L'auberge rouge

L'Illiade

Le voyage de Monsieur Perrichon

Lucrèce Borgia

Paul et Virginie

Ursule Mirouët

Discours sur les fondements de l'inégalité

L'adversaire

La petite Fadette

La prochaine fois

Le blé en herbe

Le Mystère de la Chambre Jaune

Les Hauts des Hurlevent

Les perses

Mondo et autres histoires

Vingt mille lieues sous les mers

99 francs

Arria Marcella

Chante Luna

Emile, ou de l'éducation
Histoires extraordinaires
L'homme invisible
La bibliothécaire
La cicatrice
La croix des pauvres
La fille du capitaine
Le Crime de l'Orient-Express
Le Faucon malté
Le hussard sur le toit
Le Livre dont vous êtes la victime
Les cinq écus de Bretagne
No pasarán, le jeu
Quand j'avais cinq ans je m'ai tué
Si tu veux être mon amie
Tristan et Iseult
Une bouteille dans la mer de Gaza
Cent ans de solitude
Contes à l'envers
Contes et nouvelles en vers
Dalva
Jean de Florette
L'homme qui voulait être heureux
L'île mystérieuse
La Dame aux camélias
La petite sirène
La planète des singes
La Religieuse
1984 A l'Ouest rien de nouveau
Aliocha
Andromaque
Au bonheur des dames
Bel ami
Bérénice
Caligula
Cannibale
Carmen

Chronique d'une mort annoncée
Contes des frères Grimm
Cyrano de Bergerac
Des souris et des hommes
Deux ans de vacances
Dom Juan
Electre
En attendant Godot
Enfance
Eugénie Grandet
Fahrenheit 451
Fin de partie
Frankenstein
Gargantua
Germinal
Hamlet
Horace
Huis Clos
Jacques le fataliste
Jane Eyre
Knock
L'homme qui rit
La Bête humaine
La Cantatrice Chauve
La chartreuse de Parme
La cousine Bette
La Curée
La Farce de Maitre Pathelin
La ferme des animaux
La guerre de Troie n'aura pas lieu
La leçon
La Machine Infernale
La métamorphose
La mort du roi Tsongor
La nuit des temps
La nuit du renard
La Parure

La peau de chagrin
La Petite Fille de Monsieur Linh
La Photo qui tue
La Plage d'Ostende
La princesse de Clèves
La promesse de l'aube
La Vénus d'Ille
La vie devant soi
L'alchimiste
L'Amant
L'Ami retrouvé
L'appel de la forêt
L'assassin habite au 21
L'assommoir
L'attentat
L'attrape-coeurs
Le Bal
Le Barbier de Séville
Le Bourgeois Gentilhomme
Le Capitaine Fracasse
Le chat noir
Le chien des Baskerville
Le Cid
Le Colonel Chabert
Le Comte de Monte-Cristo
Le dernier jour d'un condamné
Le diable au corps
Le Grand Meaulnes
Le Grand Troupeau
Le Horla
Le jeu de l'amour et du hasard
Le Joueur d'échecs
Le Lion
Le liseur
Le malade imaginaire
Le Mariage de Figaro
Le meilleur des mondes

Le Monde comme il va

Le Parfum

Le Passeur

Le Petit Prince

Le pianiste

Le Prince

Le Roman de la momie

Le Roman de Renart

Le Rouge et le Noir

Le Soleil des Scortas

Le Tartuffe

Le vieux qui lisait des romans d'amour

L'Ecole des Femmes

L'Ecume Des Jours

Les Bonnes

Les Caprices de Marianne

Les cerfs-volants de Kaboul

Les contes de la Bécasse

Les dix petits nègres

Les femmes savantes

Les fourberies de Scapin

Les Justes

Les Lettres Persanes

Les liaisons dangereuses

Les Métamorphoses

Les Mouches

Les Trois mousquetaires

L'étrange cas du Dr Jekyll et de Mr Hyde

L'Ile Au Trésor

L'île des esclaves

L'illusion comique

L'Ingénu

L'Odyssée

L'Ombre du vent

Lorenzaccio

Madame Bovary

Manon Lescaut

Micromégas

Mon ami Frédéric

Mon bel oranger

Nana

Ne tirez pas sur l'oiseau moqueur

Notre-Dame de Paris

Oliver twist

On ne badine pas avec l'amour

Oscar et la dame rose

Pantagruel

Le Misanthrope

Perceval ou le conte du Graal

Phèdre

Ravage

Roméo et Juliette

Ruy Blas

Sa Majesté des Mouches

Si c'est un homme

Stupeur et tremblements

Supplément au voyage de Bougainville

Tanguy

Thérèse Desqueyroux

Thérèse Raquin

Ubu Roi

Un Barrage contre le Pacifique

Un long dimanche de fiançailles

Un secret

Vendredi ou la vie sauvage

Vipère au poing

Voyage au bout de la nuit

Voyage au centre de la terre

Yvain ou le Chevalier au lion

Zadig

À propos de la collection

La série FichesdeLecture.com offre des contenus éducatifs aux étudiants et aux professeurs tels que : des résumés, des analyses littéraires, des questionnaires et des commentaires sur la littérature moderne et classique. Nos documents sont prévus comme des compléments à la lecture des oeuvres originales et aide les étudiants à comprendre la littérature.

Fondé en 2001, notre site FichesdeLectures.com s'est développé très rapidement et propose désormais plus de 2500 documents directement téléchargeables en ligne, devenant ainsi le premier site d'analyses littéraires en ligne de langue française.

FichesdeLecture est partenaire du Ministère de l'Education du Luxembourg depuis 2009.

Plus d'informations sur www.fichesdelecture.com

Notes :